AF611607

LE SIÉGE
DU
TRESOR ROYAL

PAR LES PENSIONNAIRES.

POEME

ENRICHI DE NOTES.

M. D.CC. LCX.

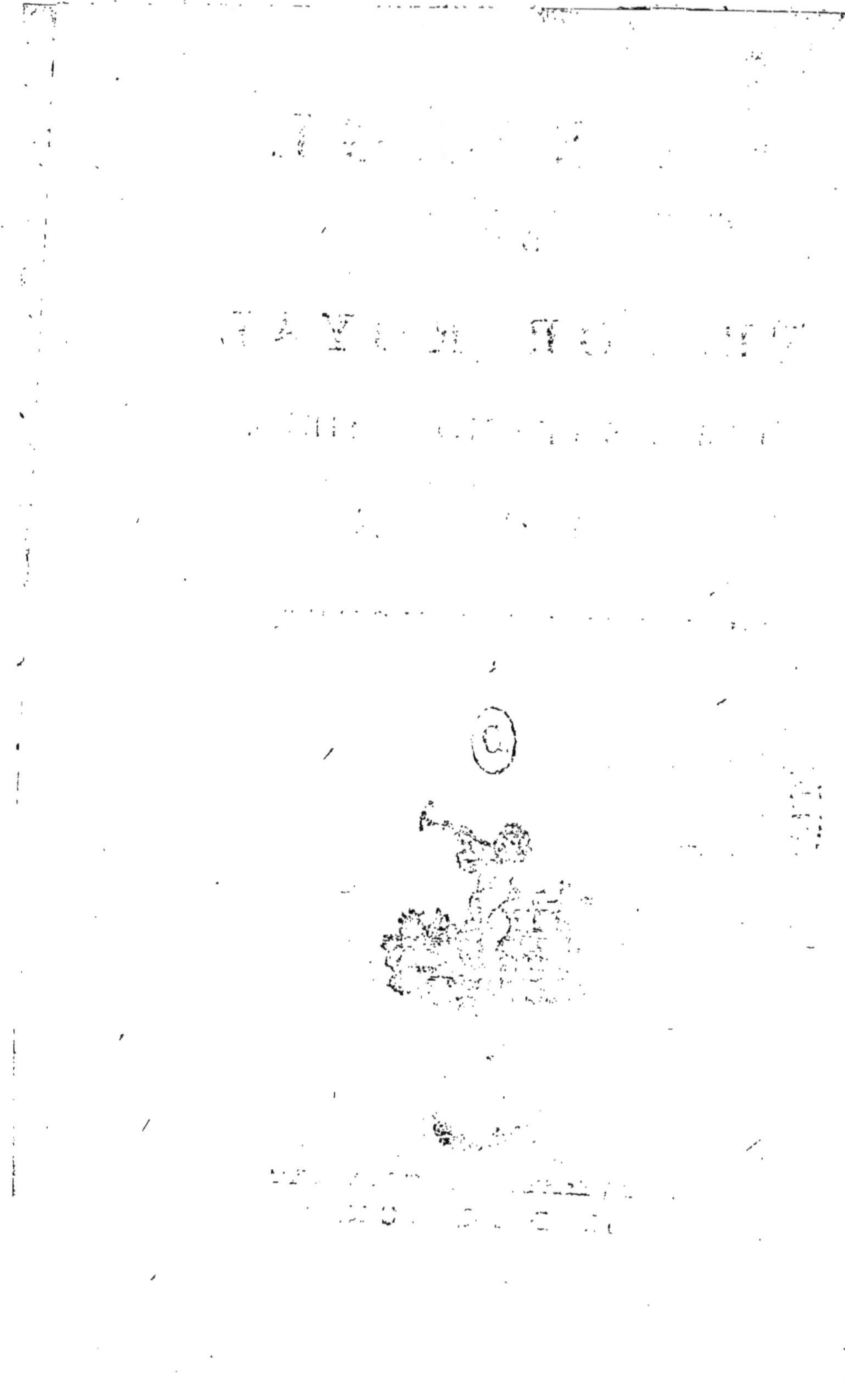

PRÉFACE.

NOUS demandons humblement pardon au public de lui présenter ce Poëme par chants détachés, avant d'avoir pu le porter à la perfection qui lui assurera l'immortalité et l'admiration de tous les siècles. Une circonstance impérieuse nous force, malgré nous, de travailler, *currente calamo*, et de prendre, dès-à-présent, acte de possession. Nous sommes instruits que Messieurs d'Esprémenil, le vicomte de Mirabeau, et l'abbé Maury, ont formé une coalition avec MM. Cazalès, Malouet, et autres, dans la vue de déterminer MM. Marmontel, la Harpe et de Champfort, à entreprendre, sous leur direction, l'œuvre rimée dont, avant eux, notre patriotisme avoit conçu le projet. Heureusement pour nous, l'honorable M. Panckouke a réclamé la question préalable : il venoit de faire, auprès des trois illustres, de vives instances pour les conquérir au Mercure, menacé d'une submersion par le débordement des feuilles périodiques. M. Panckouke calcula, sur ses doigts, que ces Messieurs, conjointement avec M. Mallet du Pan, étoient seuls capables de construire au Mercure une arche, où, comme dans celle de Noé, il sauveroit du déluge les espèces animales qui habitent sa planète.

Le trio académique, ayant sagement discuté l'une et l'autre motion, déterminé par le poids des offres du libraire, décréta la sienne, déclarant qu'il n'y avoit lieu à une plus ample délibération sur celle des honorables membres du corps législatif.

Nous comptions dès-lors qu'ils abandonneroient leur dessein, et que nous n'aurions plus à redouter une concurrence fâcheuse. Vain espoir! nous apprenons qu'ils le poursuivent chaudement. Apollon leur a dit : *Soyez Poètes*, et soudain ils se sont mis à rimer. Ils travaillent donc à cet important ouvrage. Ils n'auront point de faiseurs à salarier ; circonstance très-agréable à M. d'Esprémenil, qui fait grand cas de l'économie, depuis que l'on a supprimé la pension de 20,000 liv., si noblement gagnée par la dame Tilorier, son épouse, dans le boudoir de M. de Clugny, alors contrôleur général des finances.

Le soin de nous conserver les droits de la priorité, nous oblige donc à publier, dès-à-présent, le premier Chant de notre Poëme, tout informe qu'il est. Nous imprimerons successivement les suivans ; et cette première tâche terminée, nous épurerons, nous rectifierons, nous élaguerons, nous ajouterons, nous ferons enfin, autant que possible, un tout parfait de ces membres disjoints.

Malgré le nombre considérable de notes intéressantes que nous nous sommes procurées sur les grands hommes destinés à figurer dans ce Poëme, nous éprouvons, sur quelques-uns, une disette nuisible à leur gloire. Nous prions leurs admirateurs de nous faire passer les anecdotes édifiantes qui seront à leur connoissance. Ils peuvent les consigner dans la Chronique, ou dans les Révolutions de M. Dumoulin : nous les y recueillerons précieusement.

Le second Chant, intitulé, *la Revue*, beaucoup plus étendu, et plus piquant que le premier, est actuellement sous presse.

LE SIEGE DU TRÉSOR ROYAL.

CHANT PREMIER.

LE RETOUR.

APRÈS l'exposition et l'invocation à la maniere d'Homère, nous tracerons un tableau de l'état brillant du royaume, à l'époque où, pour le bonheur de la France, la célèbre du Barri se glissa dans la couche royale. Alors parut cette race d'hommes immortels, dont la modestie avoit voulu, tout en recevant la récompense de leurs services, en dérober à l'histoire le récit authentique, ténébreusement confiné dans les régistres du Trésor-royal. Le reste de la nation, indigne de posséder ces illustres modèles de toutes les vertus, ne songeoit même pas à leur rendre quelque tribut d'admiration ; indifférence coupable, et présage funeste de l'extinction du feu sacré qui porte l'ame aux grandes choses. Cependant, l'assemblée nationale projette de ressusciter le patriotisme dans le cœur de tous les Français ; elle ordonne l'impression de la liste des Pensionnaires : elle pense que l'exemple de ces très-louables citoyens, et la publicité des motifs par où ils ont bien mérité de la patrie, ranimera l'esprit public, et désignera à chacun l'espèce de mérite qu'il faut avoir pour obtenir la faveur du pouvoir exécutif.

Mais la fatalité qui se joue des desseins les plus sagement combinés, trompe étrangement l'espérance du Sénat. A peine l'honorable Kyrielle est-elle connue, qu'une épouvantable cabale se forme contre les héros et héroïnes, dont les noms et gestes méritoires nous sont transmis. Déja de cruelles motions font retentir les voûtes du Manége. On menace ces modernes bienfaiteurs de la France de les priver du fruit de leurs travaux. En vain, la noblesse, le clergé, et quelques vertueux membres des communes, crient à l'injustice ; la cabale triomphe ; et le décret fatal est sanctionné.

La Renommée, qui se plaît à répandre les nouvelles fâcheuses, porte l'épouvante et l'indignation dans l'ame des Pensionnaires, présens ou absens. Ceux-ci quittent les régions lointaines, où l'usage des réverbères n'est pas encore établi. Tous respirent la vengeance.

On vous vit accourir du rivage Belgique,
Lambesc et Broglio, de héros couple unique,
Tout brillant des lauriers moissonnés à Paris,
Et fiers d'avoir fait peur à nos badauts surpris:
Broglio, dont l'ardeur se tempère par l'âge,
« Aux talens du guerrier, joint les vertus du Sage » ;
Sur son dos en écharpe il revêt son cordon ;
Sa main droite saisit son valeureux bâton,
Sa gauche un chapelet, aspergé d'eau bénîte,
Qu'avec componction en chemin il récite (1).
L'impétueux Lambesc, bouillant et plein de feu,
Jure, grince les dents, menace, et dit: Morbleu,
Ah! je vous ferai voir, canaille sotte et lâche,
Comme un Prince Lorrain agit quand il se fâche.
Vous voulez me couper les vivres, m'apprend-t-on,
Par Saint-Barthelemi, l'honneur de ma maison,
Je vous écorcherai, vous, vos enfans, vos femmes,
Et j'anéantirai tous ces décrets infâmes
Qui suppriment ainsi, sans rime ni raison,
Une pension due à l'éclat de mon nom (2):

J'en atteste ce fer, l'effroi des Thuilleries.
Tandis que ce héros, agité des Furies,
Fait voler ses coursiers vers les murs de Paris,
Dans Albion Calonne assemble ses amis (3):
D'une voix que souvent interrompent ses larmes,
Il expose à leurs yeux ses trop justes alarmes:
« Il est passé, dit-il, ce tems si fortuné,
» Où le Trésor-Royal, par mes soins gouverné,
» Nous offroit chaque jour d'abondantes ressources,
» Et ne se remplissoit que pour garnir nos bourses.
» Alors, vous le savez, j'en usois assez bien,
» Et jamais mes amis ne manquerent de rien.
» J'etois, pour leurs besoins, comme une Providence,
» Prête à les satisfaire aux dépens de la France.
» Quel changement! ô ciel! Un rival odieux,
» Non moins fourbe que moi, mais fourbe plus heureux (4),
» Fascinant les esprits du peuple qu'il abuse,
» De prodigalités auprès de lui m'accuse,
» Attribue à moi seul l'énorme déficit,
» Qui vient de mettre enfin le comble au discrédit;
» Comme si le Fleury, comme si le Brienne,
» N'avoient au déficit leur part avec la mienne;
» Et comme si lui-même, avant nous, n'eût ouvert
» Le gouffre des emprunts où la France se perd (5).
» En vain, sur ces motifs j'ai fondé ma défense:
» Je n'ai pu du public mériter la clémence;
» Il a fallu céder la place à mon rival.
» Qu'y gagnent les Français? tout n'en va que plus mal.
« De mon tems on payoit: maintenant point d'affaire.
» Les caisses sont à sec: papier, ni numéraire,

» Rien n'appaise la faim des rentiers aux abois.
» La popularité du pédant Genevois,
» De Caribde en Sylla précipite la barque.
» L'Assemblée en a fait un peu tard la remarque.
« D'un péril imminent pour garrantir l'Etat,
» Peut-être ignorez-vous ce que fait le Sénat?
» O rage! ô désespoir! c'est nous que l'on opprime:
» Un barbare décret, nous prenant pour victime,
« Eteint nos pensions, supprime ces tributs,
» Légitime loyer des services rendus.
» Que vous dirai-je? hélas! Cette affreuse lésine
» Dérange ma maison, renverse ma cuisine.
» Je ne peux plus donner ces splendides repas,
» Où des mets recherchés bourroient vos estomacs,
» Et qu'à bon droit vantoit le Courier de l'Europe;
« Repas où de l'Etat nous tirions l'horoscope,
» Où, tout en méditant son bouleversement,
» Nous buvions ses bons vins, nous mangions son argent;
« Où, pour la dissiper sourdement ou d'emblée,
» Nous forgions chaque jour des torts à l'Assemblée;
» Où tout Aristocrate étoit le bien venu;
» Où.... Mais, sans prolonger un discours superflu,
» Si de mon cuisinier vous faites quelque estime,
» Il vous reste à remplir un devoir légitime:
» Pour obtenir encor les faveurs de son art,
» Donnez dès-à-présent le signal du départ.
» O vous! chers Compagnons de ma triste infortune,
» Accourez à Paris pour la cause commune:
» Vengez mes droits, vengez l'oubli de mes travaux;
» Ne vous donnez, amis, ni trève, ni repos:

» Cabalez, combattez, faites tête à l'orage;
» De l'Aristocratie allumez le courage.
» Le Clergé, la Noblesse, avec les Parlemens,
» Vous montreront d'abord de nombreux mécontens;
» C'est autant d'alliés pour un jour de bataille.
» Ecrasez, sans pitié, la bourgeoise canaille;
» Détruisez l'Assemblée, à moins qu'un bon décret
» Ne répare à l'instant le mal qu'on nous a fait.
» Contenez jusques-là cette faim redoutable,
» Qui venoit, sans façon, s'assouvir à ma table,
» Et comptez qu'au retour un dîner vous attend ».
Il dit, et la cohorte, à cet espoir charmant,
En applaudissemens confusément bourdonne,
Et respire déja les fureurs de Bellonne.
Sous deux chefs renommés, Luxembourg et Coigny (6),
La troupe étoit rangée : on partoit, quand Balby (7)
S'empare de la porte : « Eh! quoi! s'écria-t-elle,
» Vous vuideriez, sans nous, cette grande querelle!
» Vous l'espérez en vain : nous voulons sur vos pas
» Accourir à Paris, et voler aux combats.
» Il est plus d'un chemin pour aller à la gloire;
» Laissez-nous partager l'honneur de la victoire.
» L'amour nous fournira d'inévitables dards,
» Qui feront plus d'effet que tous vos braquemarts.
» Vous verrez, dès l'abord, nos œillades savantes
» Attirer au parti les ames chancelantes,
» Qui ne veulent juger la Révolution,
» Qu'au bien qu'opérera la Constitution;
» Parmi les chefs zélés pour le patriotisme,
» Diviser les esprits, et répandre le schisme,

» De ce que peut sur eux le sexe féminin,
» Nous prenons à témoin la Princesse d'Hénin.
» Voyez, pour le parti, jour doublement propice!
» Tollendal-Céladon la galopper en Suisse,
» Tandis que son rival, Mounier l'infortuné,
» S'en va ronger son frein au fond du Dauphiné.
» Si, par de tels exploits, chacune se signale,
» Nous seules nous ferons triompher la cabale.
» Mon courage déja s'apprête aux plus grands coups.
» Si vous ne m'en croyez, parlez à mon époux
» Il dira si je sais poursuivre une entreprise,
» Lui que je fis jadis murer à Pierre-Encise,
» Afin de le punir d'avoir un jour voulu
» M'empêcher, à son nez, de le faire cocu.
» Par cet illustre trait, apprenez à connoître
» Mon esprit, mes talens, et ce que je puis être.
» A nos plus fiers rivaux, je prétends m'attaquer;
» Fiers champions, c'est vous que je veux provoquer.
» Aîné des Mirabeau, Chapelier et Barnave,
» Je saurai qui de vous au déduit est plus brave.
» Soit que par moi rangés parmi nos partisans,
» Soit qu'énervés, perclus, mis enfin sur les dents,
» J'anéantisse en vous votre ardeur roturiere,
» J'aurai servi l'Etat d'une ou d'autre manière ».

A ces mots, qu'animoit un geste triomphant,
On répond en chorus par un BRAVO bruyant.
Calonne, qui sourit à l'espoir de la troupe,
Passe légèrement une main sur la croupe
De l'altière moitié de l'encorné Balby,
La caresse du geste : « Ah! d'un tel acabit

» Si j'avois seulement un trio d'héroïnes,
» Vous me verriez, dit-il, brûler dans mes cuisines
» Plus de bois en un jour qu'on n'en plante à Paris,
» Pendant un siècle entier, sur le front des maris ».
Ainsi s'encourageoient tous ces héros modernes,
Qu'avoit fait fuir au loin l'horreur pour les lanternes.
Le tems, et des avis envoyés sourdement,
Les livroit à l'espoir d'un bouleversement.
Chacun d'eux se dispose à se mettre en campagne.
Madrid, Rome, Turin, la Suisse et l'Allemagne,
Revomirent, en France, un essaim de proscrits,
Qui, par d'autres essaims, furent bientôt suivis.
Telle, dans les beaux jours, la diligente abeille,
Devance le moment où l'aurore s'éveille,
Et sur le sein de Flore amasse son butin,
Travaillant aux chansons des oiseaux du matin.
De guêpes cependant un bataillon vorace
S'apprête à la priver des trésors qu'elle entasse,
Croit que la ruche à miel reste sans défenseurs,
Et pour s'en emparer médite des horreurs.
Mais, avant de partir, la prudente ouvrière
A posté de gardiens une troupe guerrière,
Dont les soins attentifs, près de ses magasins,
Des traîtres, des voleurs, rompent tous les desseins.
Du rivage baigné par la mer de Genève,
Le Noir revient braver les bûchers de la Grève (8).
L'espoir d'être nommé général des mouchards,
Accoutume son œil au mépris des hasards.
Guerrier mal-encontreux, tu resterois peut-être,
Si tu pouvois savoir que Sartine, ton maître (9),

Pour l'emporter sur toi, du même honneur flatté,
Réclamera les droits de la priorité.
Pour un si grand dessein, il quitte Barcelonne.
  Mais, quel est ce héros ? quel éclat l'environne ?
De l'aride Savoie, il repasse les monts.
Reconnoissez en lui le plus fier des Barons (10);
Tout bouffi des hauts faits de son antique race,
Il en suit noblement la glorieuse trace.
Vous lui payerez cher la Constitution,
Qui, sans respect pour lui, rogne sa pension;
Démocrates Français, frémissez, prenez-garde,
De quel œil foudroyant ce héros vous regarde!
Il a juré, dit-on, par ses nobles ayeux,
De venir relever les cachots odieux
» De cet affreux Château, Palais de la vengeance »,
Qui fut toujours si cher aux Visirs de la France.
  Rangés sous un tel chef, Polignac et d'Hénin (11)
Grossissent son cortège, et partent de Turin.
Du valeureux d'Hénin, l'épouse pudibonde
Veut, en vain, l'empêcher d'aller courir le monde.
« Eh! quoi! cruel époux, disoit-elle, oses-tu,
» Aux dangers de l'absence, exposer ma vertu?
» De mon tempérament que faut-il que je fasse?
» Si mon amour pour toi sollicite ma grace,
» Je ne me verrai point livrée à l'abandon
» Dans ce pays maudit, où le plus laid giton,
» Sur nos charmes secrets, obtient la préférence.
» Reste, ou du moins permets que je te suive en France »,
Le guerrier, qui déja sent foiblir son ardeur,
Contre l'émotion raffermit son grand cœur,

Et répond, en ces mots, à son épouse en larmes :
« Calmez-vous, étouffez d'inutiles alarmes ;
» Apprenez à céder à la nécessité.
» Je m'éloigne, je pars, le sort en est jetté.
» Je vous laisse en ces lieux, sans craindre pour ma tête.
» Pour manquer à mon front, vous êtes trop honnête,
» Je sais de vos vertus ce que je dois penser ;
» Jamais de vos ardeurs je n'ai dû m'offenser.
» Mon cœur vous rend justice ; et la Cour et la Ville
« M'instruisent de vos mœurs dans plus d'un vaudeville.
» Puisse votre respect pour le nœud conjugal,
» Du Prince que je sers épurer le moral !
» A nos chastes amours, puisse-t-il prendre garde,
» Et suivre notre exemple avec sa Savoyarde !
» Si, pendant mon absence, un desir trop fougeux
» Vous tourmentoit les sens, vous brûloit de ses feux,
» Alors, je le permets, qu'une douce imposture
» Vous console, vous aide à tromper la nature (12).
» Ne vous obstinez plus à retenir mes pas :
» Adieu : Breteuil commande, et m'appelle aux combats.

Ainsi de toutes parts se grossissoit l'orage ;
Et le Trésor-royal, menacé du pillage,
Par les agioteurs, déja réduit à sec,
N'attendoit, pour périr, que ce dernier échec.

FIN DU PREMIER CHANT.

NOTES.

NOTES ESSENTIELLES.

NOUS gémissons amèrement de ne pouvoir encadrer dans notre Poëme, avec des couleurs convenables, tous les grands hommes dont la liste des pensions nous a fait connoître les bons et loyaux services. Ce projet seroit impraticable : M. Panckouke même, avec sa feuille *in-folio*, ou son prolixe Mercure, seroit bien embarrassé de rapporter les traits de bravoure individuelle de chaque combattant dans un jour de bataille. Nos prédécesseurs, historiens ou poëtes, ont donc très-sagement écarté de leurs récits, les faits relatifs à la tourbe menue, pour attribuer aux principaux chefs l'honneur de la victoire. C'est ainsi qu'Auguste triompha d'Antoine à la bataille d'Actium, quoique cet empereur se fût caché pendant la mêlée ; c'est ainsi que son successeur, César-Joseph II, bat les Turcs à platte-couture.

Comme nous desirons nous concilier la bienveillance de tous et chacun des illustres Pensionnaires du Trésor-royal, nous leur déclarons ici que si nous omettons la mention honorable qu'ils méritent, ce n'est point par une coupable insouciance. Nous sommes pénétrés d'admiration à l'aspect imposant de la gloire qui les environne : leurs titres aux faveurs de la Cour nous semblent authentiques et sacrés. Mais, encore une fois, nous ne suffirions point à tout dire. Cependant, s'il s'en trouvoit parmi eux dont les titres fussent d'une espèce aussi respectable que ceux de Mesdames Jules et Diane de Polignac, ou de Madame la Maréchale de Mirepoix, nous les prions avec instance de nous en donner avis. Nous prenons l'engagement formel de les coucher tout au long dans nos vers, leurs noms fussent-ils aussi rebelles à l'harmonie que ceux de MM. d'Anhalt-Caëthen, Jarningham de Barfort, Falkenhayn, Vietinghoff; ou aussi longs que ceux de MM. Sarrebourg de Pont-le-Roi, Arbaud Bachel Elzéard, Flahaut de la Billarderie d'Angivilliers, Hesse-Rhinfels de Rottimbourg, ou aussi plats que ceux de MM. Hue, Andouillé, Binet, Blanchet, Niquet, Guillemin, Guillot et Guillouet.

Nous mentionnerons doublement ceux qui seront doublement employés, comme M. Jean d'Absac, enrégistré sous la première liste pour 20,200 liv., et sur la seconde pour 10,000. liv.;

comme M. de Ségur, vicomte de Cabanac, porté pour 10,360 liv. en cette qualité et pour 9,000 liv. parce qu'il s'appelle Marie, vicomte de Ségur Cabanac; comme M. de Ségur, porté sur la première pour 83,300 liv. en qualité de Maréchal de France et de ministre de la guerre, et sur la seconde pour 13,300 liv., parce qu'avant d'obtenir le bâton et le porte-feuille, il étoit Lieutenant-général et Commandant en chef au comté de Bourgogne; comme M. Jean-Baptiste Albertas et M. Jean-Baptiste Suzanne Albertas; comme M. Berger de Moidieu, et M. Gaspard-François Berger de Moidieu; comme M. Binet et M. Binet de Boisgiroult; tous lesquels visages à double face, ainsi que Janus, sont hantés sur un seul individu.

Nous nous proposons même, suivant le droit acquis de tout tems à nos confrères les Poëtes, d'évoquer les augustes mânes des Pensionnaires trépassés depuis nombre d'années, tels que MM. Alexandre Comte de Seey, avant sa mort Gouverneur du château d'If; et Berthier de Sauvigny, en son vivant Intendant de Paris, premier président du Parlement Maupeou, conseiller d'Etat, et père de la victime immolée sur la Grève à la vengeance du peuple.

Nous invitons sur-tout les belles et désolées

veuves de nous apprendre combien de fois, ayant d'être inscrites dans le catalogue, elles ont versé des larmes sur les coussins voluptueux des boudoirs ministériels, combien de preuves nos galans administrateurs ont exigé de leur respect inviolable pour la mémoire de défunts leurs maris. Ces témoignages avérés de fidélité conjugale démentiront une bonne fois les détracteurs des mœurs des femmes de la Cour; et nous nous empresserons de rendre un hommage public à la pureté de leur conduite.

Enfin, nous nous prescrivons le devoir d'accueillir favorablemenr les Mémoires qui nous seront transmis par les Parties intéressées, sur les moyens secrets ou trop peu connus qui leur ont mérité l'avantage de figurer dans le Livre d'or.

---

(1) On voudra bien remarquer l'exactitude de nos portraits. M. de Broglio paroît ici avec la triple auréole de Pensionnaire, de Guerrier et de Béat. La première et la dernière de ces qualités ne lui sont point contestées : on s'accorde moins sur la seconde. Les envieux prétendent que son frère étoit pour lui le génie de Socrate ; mais ce frère ne vit plus, et M. le maréchal ne doit qu'à

ses méditations son superbe plan du blocus de Paris. Quoi qu'il en soit, sa pension est de 70,000 liv., dont une partie affectée *à ses fourages.* Nous ne savions point que l'illustre généralissime macéra sa chair, jusqu'à manger du foin. Cette découverte procurera un double avantage; puisqu'il vit à si peu de frais, il devient inutile de lui continuer sa pension; et puisqu'il se mortifie aussi cruellement que les Pacôme et les Hilarion, nous attendons son trépas pour demander au Pape sa canonisation : il sera le premier Maréchal de France qui figurera dans le calendrier.

(2) Lorraine, Prince de Lambesc, a obtenu deux pensions, la premiere de 6,000 liv., en 1785; la seconde, de 6,000 liv. en 1788; l'une et l'autre en considération des services qu'il n'avoit pas encore rendus. Les ministres, très-bons phisionomistes, apperçurent, dès 1785, dans les traits du susdit Prince, l'indice de talens militaires aussi rares que précieux. Chasseur déterminé, donc il sera un grand guerrier; tel fut leur très-conséquent raisonnement : et comme ce n'étoit pas assez d'un gouvernement de Province et de la charge très-lucrative de grand écuyer, pour balancer les hautes espérances qu'on en avoit conçues, on ouvrit à son altesse le trésor des pensions. Sa campagne du 13 Juillet 1789, a

parfaitement justifié la perspicacité ministérielle. Nous nous sommes assurés qu'immédiatement après l'exploit des Thuileries, l'illustre Prince forma sa demande d'une troisieme pension, qu'il eût obtenue sans le petit obstacle de la prise de la Bastille. Certes, les Parisiens se sont bien mal à propos avisés de n'avoir pas peur. Au reste, comme ce qui est différé n'est pas perdu, nous lui conseillons d'envoyer ses titres au Comité des recherches, ou à M. Garant du Coulon. Ils sont un peu prévenus contre lui. Le Journal de Paris, patriote à pendre et dépendre, hors dans les articles rédigés par M. Garat, cadet, qui n'est qu'un Démocrate, se chargera de faire revenir les esprits, et de gagner les suffrages à monseigneur de Lambesc. Déja il a fait preuve de civisme en accueillant avec bénignité les lamentations de la princesse de Vaudemont, sur les motifs des deux pensions, objet de cette note.

(3) M. de Calonne est porté sur la liste pour 42,853 liv. Nous sommes tellement accablés par le souvenir des services prodigieux de cet ex-ministre, que nous prenons acte de notre insuffisance à les détailler.

(4) (5) Non moins fourbe que moi, mais fourbe
plus heureux.

On voudra bien observer que ce vers et les suivans sont dans la bouche de M. de Calonne, mortel ennemi de M. Necker, qui d'ailleurs pourroit lui répondre par celui-ci :

Ah ! Monsieur, vos mépris nous servent de louanges.

Nous ne pouvions faire parler autrement M. de Calonne, sans enfreindre une des principales règles d'Aristote, laquelle consiste à conserver le caractère de chaque interlocuteur mis en scène. On ne doit donc plus suspecter notre opinion, de tout tems exercée à l'admiration pour les talens sublimes, le rare désintéressement, et les opérations salutaires de l'illustre Genevois. Si cependant quelque ennemi caché accusoit notre candeur, nous protestons, dès-à-présent, 1°. qu'un homme qui a débuté dans le monde par occuper une place de douze cents livres d'appointemens, et qui se trouve jouir d'une fortune de quatre à cinq cents mille livres de rentes, est à coup sûr un très-habile homme ; 2°. qu'on ne pouvoit, à moins de huit cent millions empruntés pendant son premier ministère, entretenir en Amérique douze mille hommes et trente vaisseaux de ligne, dans le cours de quatre années ; 3°. que si les emprunts se sont faits à un taux usuraire, ce n'est pas sa faute, mais bien celle des prêteurs assez peu délicats pour imiter les Juifs dans leurs opérations avec les enfans de famille ; 4°. que si les brillantes promesses d'ordre, d'abondance et de prospérité, données dans les beaux préambules des Edits d'emprunts, ne se sont point réalisés, des obstacles imprévus s'y opposèrent ; 5°. que l'insurrection de l'agiotage a été, comme chacun sait, une mine féconde de richesses ; 6°. que depuis assez long-tems on travailloit le royaume en finance, et qu'on a très-bien fait de le travailler en banque, méthode inverse qui a opéré des merveilles, comme chacun voit ; 7°. que si les Fleury, les Calonne, les Brienne, ont cédé à la manie des emprunts, afin de payer les arrérages des précédens, soutenir l'Etat brillant où ils trouvèrent les finances du royaume, et y ajouter par les mêmes procédés d'économie, M. Necker et moi, nous nous en lavons les mains ; 8°. que si la ville et les provinces ont souffert la famine ; si on y a payé, si on y paye encore, malgré la plus belle récolte, les subsistances un prix double du prix ordinaire, c'est uniquement la faute des gens à argent, étrangers ou régnicoles, lesquels ont refusé, d'un commun accord, de verser leurs bourses dans le tonneau des Danaïdes, dont l'ouverture se trouve au Trésor-royal, et le cul sans fond à la Bourse et à la Caisse d'Escompte, formant, avec Madame de Stael, les trois filles chéries de M. Necker; 9°. que dans un tel état d'épuisement, on a supérieurement imaginé d'accaparer tous les bleds du royaume, et de faire renchérir le pain au moins d'un sol par livre, ce qui, à raison d'une livre et demie de pain par chaque individu d'une population de vingt-quatre millions d'hommes, produit, pour une année, six cent cinquante-sept millions en impôt indirect; 10°. que si cette somme n'a pas couvert le déficit, ce n'est point encore notre faute, mais celle des agens secondaires du Gouvernement, qui partageoient avec le Trésor-royal, et des larronneaux, accapareurs partiels qui spéculoient sur les grains, à l'exemple de l'administration; 11°. enfin, car nous ne finirions jamais, si nous voulions remémoirer, rapporter, nombrer, spécifier les titres incalculables sur lesquels repose notre profonde admiration; enfin, nous disons que l'Assemblée nationale a furieusement compromis les grands intérêts de l'Etat, en repoussant l'influence que l'on s'étoit promise sur ses délibérations; qu'elle doit s'empresser de prendre pour fanal les prodigieuses lumières, dont le foyer est au contrôle-général ; et si quelque mal-veillant révoquoit en doute cette utile vérité, nous citerions pour le confondre le décret adoptif du plan ministériel sur la Caisse d'Escompte ; or, comme chacun sait, depuis ce décret on a de l'argent tant qu'on veut, et personne ne se trouve dans le besoin.

(6) *Luxembourg* et *Coigny*. Emmanuel de Montmorency-Luxembourg, 40,000 liv. de pension, en attendant un gouvernement. Franquetot, duc de Coigny, 50,750 liv., avec réserve de 20,000 liv. en faveur de son fils, qui déja promet d'être un petit Turenne.

Nous avons cherché, dans l'histoire Romaine, combien Camille ou Fabius le temporiseur, qui sauvèrent la République, obtinrent de pension ; et dans les annales de France, à quel taux on récompensa le capitaine Bayard et l'amiral Jean de Vienne, et nous n'avons rien trouvé ; d'où nous concluons que MM. de Luxembourg et de Coigny sont bien d'autres hommes que ces gens-là.

(7) *Balby*. Un grand Prince s'étant chargé d'entretenir Madame de Balby, elle n'a pas jugé

à propos de solliciter une pension, quoiqu'elle y eût des titres comme tant d'autres, et qu'elle eût très-bien figuré avec tous les honnêtes salariés du Catalogue. Ce désintéressement mérite tous nos éloges.

(8) Le Noir revient braver les buchers de la Grève.

Porté sur la liste pour 47,500 liv.

(9) Sartine, ton maître.

Idem, pour 86,720 liv.

Eh! pourquoi ces honnêtes-gens ont-ils eu peur de la lanterne? Y eut-il jamais une conduite plus pure, plus désintéressée, plus franche? Revenez, vertueux publicains, jouir de nos hommages. N'est-ce pas à vous que nous sommes redevables de ce code de police mystérieuse, si favorable aux bonnes mœurs? N'est-ce pas vous dont jamais honnête-homme n'eut à se plaindre? N'est-ce pas vous qui fûtes le fléau des méchans, les destructeurs des tripots, les ennemis de toute basse manœuvre? N'est-ce pas vous qui, aidés de vos dignes adjoints secondaires, les Chenons et les Desbrugnieres, fûtes les protecteurs de la liberté individuelle et les vengeurs de l'innocence! N'est-ce pas pendant votre dictaturé que furent déserts les cachots de la Bastille, de Bicêtre, et autres prisons d'Etat ? N'est-ce pas vous qui, entrés à la police avec une fortune de dix à douze mille livres de rente, avez eu le désintéressement de n'en sortir qu'avec trois à cinq cent mille livres de revenu ? N'est-ce pas vous enfin qui avez couronné la délicatesse de votre conduite, en vous contentant des modestes pensions ci-dessus rapportées, tandis que, suivant le cri public, vous méritiez bien autre chose ? Revenez donc recevoir la juste récompense que les bons citoyens vous préparent.

(10) Reconnoissez en lui le plus fier des Barons.

C'est une chose étonnante comme la force du sang agit sur la famille embarronnée des Tonnelier de Breteuil : il faut que les aïeules de l'ex-Ministre aient été, depuis Louis XIV, autant de Lucrèces. Lisez un des caractères de la Bruyère, vous y verrez que de son tems il vivoit en France un Tonnelier de Breteuil, premier Baron de sa race, dont les mœurs, l'esprit, le caractère, la conduite privée ou publique, étoient parfaitement semblables à ceux de son illustre descendant, lequel n'a qu'une modique pension de 91,729 liv., en attendant celle qu'on accordera aux travaux de son dernier ministère, malheureusement terminé dans la journée du 13 juillet 1787.

(11) Rangés sous un tel chef, Polignac et d'Hénin.

Le duc de Polignac porté sur la liste pour	80,000 liv.
réversibles en totalité à son épouse, née Polastron.	
Le marquis de Polignac, pour . .	24,000
Comtesse Diane de Polignac, *idem.*	13,000
Henriette de Polastron, comtesse d'Andlau, ...	9,540
TOTAL de la famille . .	126,540 liv.

Non compris les cousins, cousines, arrières-cousins, arrières-cousines, qui ont pris leur part du gâteau.

Cet article, fondé sur les très-mémorables services de la famille, se passe de commentaire.

(12) Alsace, Prince d'Hénin, porté sur la liste des pensions pour 10,050 liv. dont partie, y est-il dit, en considération de son mariage.

Alsace, Princesse d'Hénin, *idem*, pour 18,000 liv., dont partie en faveur de son mariage.

On espere beaucoup des marmots de cette race.

(12) Vous console, vous aide à tromper la nature,

Nous prévenons le lecteur que nous n'avons point du tout en vue ce passage d'un vaudeville :

Mais c'est la Princesse d'Hénin,
Comme elle est . . . . , &c.

www.ingramcontent.com/pod-product-compliance
Ingram Content Group UK Ltd.
Pitfield, Milton Keynes, MK11 3LW, UK
UKHW020405250726
13967UKWH00005B/2476